4월의 폭설

4월의 폭설

글쓴이 / 정원호
펴낸이 / 孫貞順
펴낸곳 / 모아드림

1판 1쇄 / 2008년 2월 1일

서울 서대문구 북아현3동 1-1278
전화 / 365-8111~2
팩시밀리 / 365-8110
E-mail / morebook@morebook.co.kr
http://www.morebook.co.kr
등록번호 / 제2-2264호(1996.10.24)

ⓒ정원호
ISBN 978-89-5664-113-3

값 8,000원

모아드림 기획시선 110

4월의 폭설

정원호 시집

모아드림

1.
하나의 지평선 위에서
끊임없이 유기적으로 엮이어져가는 바람들과
나와
갈등하며 그리워하며

신비의 달은 오늘도 떠오르고

그리 멀지도 험하지도 않다는데
좀체 다가서지지 않는다

등단 이후 간간이 써 온 글들을 모았다
용기를 내기 위한 또 다른 몸짓이다
씁쓸하다

2.
꽤 멀리 썰매를 타러 갔다가 바지가랑이는 젖고
까맣게 그을린 얼굴로
돌아오곤 했던
유년시절의 겨울
아버지께서 시장 주막 같은 곳에서
사주셔서 말아 먹었던 국밥은 또
얼마나 맛있었던지…
몇 천번을 불러도 다 부르지 못하는
이름
아버지
털잠바를 입으시고 새벽서릿바람 결에
출근을 서두르시던 모습이 기억에 아련하다
그리고
큰방에서 둥근상에 형들과 둘러앉아
신나게 먹었던 저녁식사
그리운
그 한때의 저녁과 아버지, 어머니

3.

감사해야할 분들이 많다.

'시집 언제 나오노' 묻곤 했던 고 김경호 시인님

늘 고마운 인연으로 기억되는 김소운 시인님

장문의 시해설을 기꺼이 허락해주신 송영목 죽순문학회 회장님

평생 보살펴 주시는 큰형님이신 정태호 경북대학교 명예교수님

이 시집이 나오기까지 도와주신 내외 친지분

언제나 이 사람을 폼나게 해주는 아내 혜원, 그리고 경인, 종욱.

2008년 새해

정원호

차 례

서문

제1부

제2부

제3부

제4부

제1부

겨울 깃발

나를 올바로 본다는 것
그 허망함
매달리기 이전엔 몰랐어
깃발이 떨고 있다
밀려드는 불규칙한 바람을 맞으며
도도한 저 끝없는 갈망의 바다를
지금에사 보는 걸까
사방
쓸쓸한 그의 독백
나부끼는 겨울 오후
햇살은 그의 심장에 닿을 듯 말 듯

초가을

가을의 벽두에
자연의 전통은
인간의 것보다 깊어
바람은
한여름을 거두어
바다로 몰아가고

덩그러니 남겨진
알몸으로
들판에 이리저리 휘어지는
코스모스

학동들은
2학기가 시작되는 운동장에서
씨름판을 벌려
계절의 키는 낮아졌다고
킬킬대며
안다리를 걸고 넘어진다

아! 천상시인 천상병

거친 땅
맑은 하늘 사이
외로웠을 인간
천상병 시인의 「귀천」을 읽는다

"나 하늘로 돌아가리라
새벽빛 와 닿으면 쓰러지는
이슬 더불어 손에 손을 잡고"

침묵의 꽃
무언의 새
저기 저 뭉클 일어나 두둥실 떠가는
뭉게구름
그 눈매 푸르름 사이
그의 시 한 구절
베껴 적어보네

"아름다운 이 세상 소풍 끝내는 날

가서, 아름다웠더라고 말하리라…"

그가 왔고 당연히 또 돌아갔을
저 아름다운 하늘
하늘에 비친 이 세상을

4월의 폭설

폭설을 본다
4월 햇살에
절벽 위에서 무너져
깨어지며
아롱아롱 빛나는
폭설
그 편린들

다시 쌓이지 않는다
제각각 정해진 자리에서
눈길 보낸 자의 가슴에 닿아
소리없이 녹고 있다

어느 봄날의 휴식

1.
라일락 흐드러지는
원색의 4월
꽃잎을 물고 나는 새들이
유난스럽다

산아래 번잡한 소설의 기억을
지우며 숲길을 오른다
돌아보면 나의 산은
파도 한 장에 허물어지는 모래탑
멈칫멈칫 초침이 오르내리는
계단과 계곡사이
위험하게 쌓아놓은 자취까지
무너짐이 아쉽지 아니하다
설레임처럼 핏기 자르르한
술 그리운 날
새꽃잎과 새목청의 새들과
봄길을 걷는 여유!

텅 비는 마음!

2.
아침 새소리는
저녁 새가 번역하나보다
돌아오는 길에는
소리가 없다

풍경

발그레한 노을하늘로 안겨드는
한 마을을 봅니다
산 위에서
그대가 어디쯤에서 어디쯤에서
쉬어갈까
뒤척이는 한 도시를 봅니다
얼룩덜룩한 지하카페의 유리창은
뵈지 않습니다
숲 속 어스름 사이
말쑥한 켄트지로 잘 싸인
아파트 외벽들이 굳은 몸
일어서 있습니다
톡톡 내 정서의 혼돈을 쪼아대던
산새 한 마리
사뿐 내려와
뒤뚱거리며
노을하늘을 산책하고 있습니다

2월에는

2월에는
가장 빛나는 빛
녹아내리는 눈물의 습기에
반짝이는 햇살이 있다

이길 수 없는
꿈에의 유혹이 있다

발아하는
꽃씨의 첫 권태가 있다

꽃은 스스로 뜨락을 갖는다

절애(絶崖)의 돌 틈에서도
세든 아파트 베란다에서도
깃발의 말처럼
홀연히 일어서는

꽃은
피고 시듦이 지천이라 해도
금방 산산이 흩어진다 해도
잎새 하나에
흙 속의 산같은
순수 한 조각 묻고 있어

보낸 자의 눈길 위에
뜨락 한자락 펼친다

영시

덜커덩
철문 열리더니
또각또각 몇 발짝 하이힐 소리
찍어가다 지하 주점에서의
여흥이 채 가지 않은 듯
아 아 아 너를 안고 가 아 련 다
그 색시 유행가 한가락
새벽 영시의 허공에 휘갈기고는
사라진다

산

1.
정령들의 숲속

탄소도 산소도 햇볕도
보임없이 속속
자유로운 이곳

푸드득
한 주먹 따뜻한 심장의 새
서슴없이 바람이 된다

2.
죽음의 공포와 삶의 희구가
양켠에 매달려
종일 붕붕 떠 다니는 창가에
꽃 피고 노을 지고
그리운 눈빛도 쌓이지만

결국 차고 투명한 유리의 속성 앞에
허기지는 실존

3.
나무와
책과
재깍거리는 초침과
휴일의 바람 부는 여유와
나와
도서관 뜰 자목련을 스치는 밀어
무관하다는 느낌

4.
달이 뜬다
그 깊은 눈빛에
오늘도 전설처럼

산들이 지고 있다

5.
먹고 마시는 외
먹고 마시기 위한 일 외
무얼 할 것인가
어색하게
너와 나 먼 별을 쳐다보았던
그때처럼

담쟁이 넝쿨

벽에 우루루 붙어 올라
마침내 벽을 다 에워싸고서도
안으로 들 수 없는 너희의
그 그리움

창문이 보일 때마다
기회였지만
반응을 얻어내지 못하고
미끄러져 옆으로 비켜갈 뿐

목표물을 완벽하게 둘러싸고서도
안을 조금치도 범하지 않는
너의 순수한 사랑

기댈 곳이 없으면
자라지 못해
그렇게 독실하게 맨손 짚어
벼랑을 오르리

봄의 자화상

메마른 가지들의 한가운데에서
온 몸이 긁혀 피 맺히는
봄은
눈덩이 덩이
굴러간 자국에 빠져
질척이는 꿈에 시달리지
찬 구름 가득한 하늘
새침한 바람이 갈 때
몸살로 뒹구는 계절
봄의 자화상은
그리려하지
봄이 꼭 계절의 이름이 아닐 수도 있음을
나만이 내가 아님을

식물성신경

자율신경을 다른 말로
식물성신경이라 한다

쓰리고 아픈
일상의 병들

그 처방도
식물성의 마음에서
찾아질까

새해

해맞이 군중의
함성까지 빨아들이려는 듯
붉게 머뭇거리다
빙, 글, 빙, 글
이글거리기 직전
처지는 것들을 잘라냈다

발돋움!

무얼 할 것인가
던져오는 한 움큼의 빛들을
어떻게 할 것인가
웅성거리는 사람들

다시 돌아보는 태양은
나부끼는 바람들의 등 뒤에서
그저 침묵을 배워가고 있었다

겨울눈

날아갈 듯 떨어질 듯
무던히 스미는 저 몸놀림
가루가루 사람의 情理이던가

은막을 드리운 하늘 저편의 종소리
뜨락없는
도시의 가슴 깊이 울려 퍼진다

태초로부터 이어 내리는
진부한 사건
겨울눈이
이리도 기적같이 반가웁노

아이들이 꿈속인 듯
시멘트 바닥에 가만가만
움츠린 흰눈을
비비고
쓸고
쿡쿡 찌르고

殘雪 1

찬바람 이제 그치어라
찬그늘도 그만 두었거라
고공의 꿈 버렸느니
시린 등 여기 이대로
흙에 스며 살겠느니

殘雪 2

꽃을 그리며
꽃잎처럼 날아 왔노라만
어떤 빛깔의 꽃잎으로 물들여질까
하얀 호기심의
첫눈을 떴노라만

이미 꽃은 다 져버린 뒤라 하네

기다리다
돌아서는 발길
숨죽여 한발씩 스며드노니

꽃씨를 땅속에서 만나다

지는 해의 설레임

코스모스 일렁이다 간 들길따라
느티낙엽 여러장
후두둑 난다 제가끔씩
이 세상은 자기의 세계면서
우주의 길이더라 낮게 수런대면서

바삭바삭 가을을 태우는 불꽃이
飛翔하는 산자락을 간다
저마다의 불빛이 한데 어우러져
연기 하나 날리지 않고
식어가는 바람에 죄다 태우는
저 치열한 자멸
어디에도 활활 뻗는 내일을 보는
그네들의 예지는 나타나 있지 않다
불 속에서
지금 그들은 다만 떨고 있을 뿐
허공 중에
지금 나는 다만 떨고 있을 뿐

맑은 숲 속을 흘러 나와
강이 되는 사랑의 묵은 미를
찾을 때마다 조금씩 쥐어 주어도
돌아서자 잊어버리곤 했다
무수히 깔잎을 밟고
불 속을 걸으며
여기 절망하는 길을 따라가지만
여전히 잊고 말게다

한번 더 바라보는 산자락
저 골짜기 어둑어둑 사위는 오늘이여
그대 홀로
지는 해의 설레임을 보는가

겨울산 숲

푸르거나
벗었거나
다들 평상심이었다

오히려
고요함의 또 다른 정취에
취해 있었다
무슨 일 있느냐
되려 묻는 듯 인기척에
다가올 듯
돌아가
서는

겨울산
나무들

제2부

낙엽의 내일

낙엽이 진다
뼈를 드러내는 나무들.
그 앙상한 위로
눈이 내려 얼겠지

그러나
나는 볼 수 있다
그들의 내일을
샛파란 싹의 꿈을

분명한 내일과 꿈
그것이 그들의 것이다
불명의 내일과 꿈
그것이 나의 것이듯

시인이 띄워 보낸 시집

문우가 띄운
한통의 긴 편지

세상의 풀빛
생의 희비
읽고
생각나면 다시 읽고

절망하고
잊었다 돌아와 다시 절망한다

새벽, 약수통은 핑계다

그 할아버지의 산행은 거의 일상적이다
그 할아버지는 산과 적당한 거리를 유지키 위해
거의 거르지 않고 오르고 있는지도 모른다
산은 어머니의 품이라 한다
누구나 왔던 곳의 정확한 표현이 어머니라면
아버지를 만난 어머니
이제 그 할아버지의 세월은
그런 품이 다시 그리운지 모른다
자연이 넉넉한 공간 속에 자유로운
그 할아버지 부스럭 산에 오를 채비를 하신다
두려운 설렘
새벽, 약수통은 핑계다

맹인은 길 위에서 서성이지 않는다

딱
딱
지팡이 소리
길 위의 불신들
한발짝씩 물러나네
세상 까닭 많은 불빛들의 거리
저 바다의 끝에서
저린 저 손 끝으로
질서 정연히 닿고 스쳐가네
그는 가네
한발짝도 서성이지 않는
지팡이길
딱
딱
땅들이 깨네

꿈 1

풀밭에 내려앉는 꽃잎처럼
내 유년의 꿈은 늘
불안한 비상이었지만 곧 안전히
착륙해 잠 속에 스며들곤 했지
자연스레 꿈과 잠은 교대로
밤별을 따라 흐르다
아침이 오면
잤다는 의식조차 없이
새날 새 태양빛에 눈만 부셨지
지금 불혹의 길목에서 깨어나
괴고 잤던 팔을 문지르며
꿈 이야기를 한다
태우다 만 태양 아래의 열망이
은은한 달의 얼굴에 반흔(瘢痕)처럼
살아나 밤잠의 하늘을 스멀거릴 때
스스로
소스라침을

꿈 2

여윈 잠
관뚜껑을 열었다 닫았다 할 때마다
벌떡벌떡
일어섰다 쓰러진다
그 때마다 한 무덤의 안개가
구경꾼처럼 몰려오지
혼은 잠들지 못한다
꿈속을 서성이는
속성 때문에

무지개 1

별들을 가리고
조각난 달을
흔적 없이 지우고
하늘은 저녁비 내릴 채비를 한다

찬바람은 벌판을 쓸고
풀잎이 쑤군거린다
새들은 날개를 털고
두리번거린다 모두들
저녁비 맞을 준비에 바쁘다

천둥번개를 신호로
후-둑 후-둑
굵은 빗방울 몇 개 선발대로
내려 보내고 벼르던
소낙비 단숨에 쏟아내린다

허둥대는건 눈치 빠른

사람뿐

그 중 의뭉한 사람
눈을 크게 떠
빗줄기를 타고 올라가
구름을 열고
달을 건너 별을 뛰어넘어
무지개를 본다

은하수를 따라 길게
허리 펴 누워있는
청명한 하늘빛 무지개와 만난다

밤낮없이
무지개는 소낙비를 잰다

무지개 2

―― 황매산의 雲雨

1
봉황이 흰 비를 몰아
깎아 선 바위병풍
위엄을 휘감고
검은 바다로 四界를 쓸어가더니

낮은 포효의 바람
천지는 엎치락 뒤치락
오랜 충혈을 씻고

어느새 그은
저 하늘가 현령의 수평선

넋 놓은 우리의 넋

2
다시 靑天
머쓱하게 돌아온 햇살을 받쳐

의연히 드리운 무지개 속

수없이 반짝이는 깃털

....

하나씩 작은 새로

날아가다

천국

천국
정말 멀다고 하는 천국
그곳이 문득 내안에도
들어와 있다
어머니 가신 날로부터

지리산 고사목 1

천황봉 들어서는 막바지길
정상의 기쁨 그 문턱에
그들은 서 있다

앙상한 가지
고집스럽게 받쳐들고
사천왕처럼 부라린 눈매는
검푸른 피부 아래 감추은 듯

왜 멈추었을까

꽃과 새들의 노래따라
아니면
단풍길따라 성큼
성큼 영봉으로 찾아들지 않고

왜 그렇게 골똘히 서 있을까

지리산의 고사목 2

영혼은 그대를 떠났다해도
그대는 보내지 않았다

봄이 지천을 누벼도
그대 몸 안의 노란 싹 하나
밀어 올리지 못한다만

여기 이산
붉은 꽃과 파랑새들의 노래
다 타버린 그대 가슴에서
나오고 있다

설화

스치는 눈발!

꽃들의 넋!
피고 또 필
운명의 언덕에
되도록 가볍고 투명한 닻
견주다

아직 이름도 수여받지 못한 영혼
빙글빙글
방향 없는 바람으로
자유롭다가

기어코 기어코
망가지며 부러지며
착지하고 있다

그대 마음
겨울 흐린 날

수평선 1

바다의 끄트머리에 선다
가랑잎이 삭풍을 막아내는 소리
전신을 휘감는다
회오리치듯
사느라
염분에 젖어 나부끼는
깃발들 속에서

맨처음처럼 태양이 솟고
맨처음처럼 달무리 질
차디 찬 미끄럼 사이사이에서
무너지지 않는 바다의
자존심을 본다

줄을 이어 달려와 부딪쳐
되돌아가는 사연들은 무엇인가
괜한 설레임 두려움이
은밀히 길러온 칼꽃들인가
살기 위해 염분을 씻고
바다의 한가운데 선다

수평선 2

투명한 빗물의 비가 내려서
눈싸락 흰눈이 내려서
바람은 신이나
물결 푸른 수평선을 모래톱에다
물어다 놓고 물어다 놓는
맑은 꿈을 두 눈으로 꾸었다

부산 앞바다
공원전망대에서
수평선 너머를 보려다
넓은 바다의 온통 눈물어린
바라봄을 보았다

님의 넋인가

끝없이 어깨춤 추는 바다를
갈매기들
턱, 턱
쉼표처럼 날아 다녔다

　　　　　　　－천상병 시인의 타계소식을 접하고

56

수평선 3

누가 세운 불침번인가

쉼 없이 돌아와
포말을 삼키며

괜찮다
괜찮다
가슴을 풀어라

보고를 한다만

아스라한 수평선이여

수평선 4

석굴암을 보고 이어
샛길로 동해에 들었다

푸르렀고
푸르름 위로
아무 것도 없었다

석굴 안의 미소가
투영된 동해의 파도
태양이 몰아오고 몰아오는 지혜들을 데불고
깊디깊은 고요의 수평선으로
헤엄쳐 가고 있었겠지만
보이지는 않았다

다만 푸르고 푸른 위로
아무 것도 없는 그
바다가 넓었다

수평선 5

님은
대답이 없네 아니
대답 없음이 오히려
님다운 일이네
생각하면 긴긴 기다림은
나의 미련

님도
아 그 사람
이렇듯 탄식 한번쯤은 했으리란
믿음으로 자위하네

님은 나의 신이지만
나는 신이 아니네
들리지 않으면
들을 수 없었고
．．．．．．．．．．．．．．．．．．
꽃에 대한 사랑의 깨달음이나

먼먼 기다림 중 언뜻언뜻
열정의 바다를 본 것은
님의 나에 대한 안타까움
끝이 없네

수평선 6

님이여
당신의 꿈으로 눈을 감습니다
아스라한 수평선
바다의 꿈으로 나갑니다
그 위로 장미 한 송이 피어나
점점 자라 태양처럼 타오르면
저 꽉 찬 떠오름
장미는 혹은 태양은
철저하게 타는 당신의 꿈은
가까이 아주 가까이
수평선상에
한 점 섬으로 꽂힙니다
이윽고 산호초 숲을 이루어
훨 훨
조각조각 심장을 놓아 바닷새들
날아오르는
님이여
어둠이 그 배경이어도 당신의 꿈은
우울할 수 없습니다

수평선 7

강물이 흐르듯 흘러가는

우리는
하고픈 말 다 못하고 산다

순간순간
눈길 마주칠 때마다
잊곤 했던 걸
돌아서면 아쉬워 먼 하늘을 본다

사랑은
늘 그렇게 그대 뒷모습에
피어올랐다 지는
무형상

바람 속에도 없다

수평선 8

시란
시쓰기란
아무래도 내게 경제성 빵점이다
그 시간에 약 재고 책 좀 더 보고
하다못해 다시 일어나는 주가에나
신경 쓸 것이지
생각이 잘 떠오르나
생각대로 글이 되나
앞 뒤 말이 맞아주나
들꽃이 꽃 피움 만큼도 못하겠다
차라리
비바람에 꺾이어지다가도
남으면 남은 가지에서 천연스레
꽃을 피우는 들꽃은
피워서 안 보여져도 그만
그 꽃과 더불어
한적한 들녘의 한때가
최선의 명예이니

수평선 9

바다에 가면
닿을 수 없는 먼 수평선
그 도도한 출렁임이 즐겁다

수평선의 변함없는 애정편지
파도에 실려와
넘실넘실 목에 찰 때 느끼는
그 절망이 즐겁다

바다에 가면
부서져 조각조각 자지러지는
물살이 즐겁다

자유랄까
파안대소랄까

제3부

고사목의 추억 1

1
따스하게 치솟는 물기운
발에 차올라
목을 적실 즈음
이웃 나무들
제각각 단추를 매단다 이윽고
물결치듯 벌판 가득
옥빛 비단자락 펼쳐지면
합동결혼식의 신랑처럼 신부처럼
계단 계단 줄지어 일어서서
새로운 삶을 노래부른다
부드러운 바람이 천당처럼
몸에 닿을 때마다
별들이 이슬방울을 떨굴.때마다
새로운 자람을
꿈으로 받아 마신다

2
무엇이나 네 것이 아닌 게 없는데
무엇하나 네 것이라 부를
자신이 없다
간해 피던 꽃 풀잎 하나
안 틀리고 저 산 그대로
봄을 재현한다 해도
서툰 가슴이 돌아가 설 땅이 어디냐
목이 메 타도록 타지 않고
먹구름이
몇 천번의 몇 천번을
덮치도록 눕질 못했다
고사목의 추억은
누워서 눕질 못한다
지킬 역사가
일으킬 고향같은 진실이
뼈가 되어 자란다

고사목의 추억 2

해 지는 풍경에
하루의 쓸쓸한 추억을 놓아보내는
어린왕자의 여린 눈망울
너의 웅장한 고독 위에
잠들다

무인도 1

어스름 숲을 머금고 달이 간다
그리워 치켜다보는 눈길도
님의 품에 잠든 어떤 꿈도
모르노라 달이 간다
밤새 흐르는 맑은 계곡을 따라
달이 간다

달려와 부딪치고 돌아서서 허허로운
그 어떤 파도도 모르노라
모르노라 달이 간다
아마도 저 달은 바다를 떠난 무인도
어스름 밀물 썰물의 노랫가락을
머금고 달이 간다

무인도 2

느낌을 가질 수 없었을 때도
꽃은 피었고
새는 노래하였지

우리 기쁜 술에 취하여
별을 바라볼 수 없었을 때도
하늘은 여전히 시퍼런 가슴으로
내려다 보았지

언뜻언뜻
구름 사이를 뒤척이며
하얀 달도 떠오르고 있었지

무인도 3

나의 우울은
날기를 포기 못하는
새장의 십자매

무인도 4

산꽃으로
풀들 새들과 화음 이루어
튀려는 어떤 경주도
숨어하려는 사랑도 없이
철 오면
꽃 피워
목청 돋우는 산새 노래의 푸들거림을
바라보다

빛 바래어지면
보물처럼 간직한 씨앗 뿌리며
듬듬 나래짓 부드런 어느 새 되어
바람 속으로
바람 속으로 날아드는
잊혀진 산꽃으로

무인도 5

— 퇴근길의 택시 안에서

네 귀엔 파도소리
발목 잡힌 헤엄질

달리고 달리다
돌아가는 새벽
태양보다
새까맣게 엉겨붙은 콧속 멍울만이
내일이다

네 귀에 파도소리
거칠어만가도
자유 그리는 헤엄질

꿈은 낮은 차창
별들로 붐비다

무인도 6

어쩌지 못하는 물결 속
겉도는 바람이
삶이어도

멋모르고 핀 들장미의
열열한 향취가
싱그러울 때

까마득 시선에 떠오르는 탑
탑신에 새겨진 혼란의 시어들

무인도가 읽고 있다

산수화 1

흐르는 듯 서 있는 듯
산
거기 그렇게
청청하다

산수화 2

동구 밖 소나무 위
뭉게구름 한 자락
돛단배로 떠 있다

그리고 바람이 분다

하늘엔 태양이 있다만
달도 있다
붉은 가슴 끝없이 펼쳐 보이는
태양도 있다만
뜬구름에 비켜서고
아주 없어질 듯
깜박 잠들기도 하는 달도
그 빛
그 자리
언제나 덤덤
그리고 바람이 분다
누구도 닫을 수 없는 문
그것이 하늘이다
두런대는 듯

잎사귀의 귀

山
의
어느 한
작은 뿌리의 한
가지의
끝
잎사귀의 귀
로
들어오는
하늘
로
숨 쉬는
뿌리
의
山

無題 1

산등성 위로
흰구름 수런수런 피어오름에
푸르런 숲 날아오르는
저 대붕의 나래짓

그해
생수를 찾아나선 날
산사 샘터에서의 긴 대열에 지쳐
치켜다 본 하늘
그 창창한 기품에
한동안 생각이 멎다

나아가
대웅전 외벽에 그려진
팔우도의 길을 돌아나오며
팔우도의 길 어디에도 뵈지 않던
나

맑은 물을 얻겠노라
이눈치, 저눈치
··················

허전한 마음에
한됫박 찬물을 들이키고
하산하다

* 팔우도 : 우리의 마음(본질)을 소에 비유
　　　　이 마음을 되찾아 쓰는 과정을 그린 선그림

無題 2

버림의 첫출발로
자르는 머리칼

안으로 흔들리던
미동마저 축 잘려 떨어진다
잘나보일 곳
이제 그 어디더냐

그대 앞에
물결이 인다
도도히 치미는 열락의 파도
누누히 누누히
나 아닌 길 가겠노라
중얼거리는 혀
둥그런 달로
산사의 뜨락 위에 붉다

無題 3

할머니가 기도하고 있었고
할머니가 뭐하고 있느냐 물어서
하나님에게 기도하고 계시며
하나님은 우리의 기도를 들어준다는
설명을 하였다
그랬더니 아이가 다시 묻는다
하나님은 어디 있는데요
하나님은 우리 마음 안에 계신다

아빠! 하나님은 얼만큼 작은데

가을 山岳 1

가을을 태우고 있는 산자락

풀어지는 끈
오색향불 그윽히 투명한 대기를
날아오르고
기도처럼
낙엽은 허리 긴 굴참나무를 돌아
낮설진 않지만 식어가는 땅에
풀썩 주저 앉는다

가난한 결실의 개념도
어렵사리 발견한 어떤 자연의 법칙도
나서서 말하려 들지 않는다

개울 물소리
그칠 줄 모르고
맑은 숲 속을 흘러나와 강이 되는
사랑의 묵은 미를
전하려 할 뿐

가을 山岳 2

울창한 숲길 호젓이 저무는 늦가을 산
무엇이 여기 사계의 고리 이어가는가
사철 푸른 향나무
흙 위에 날리는 낙엽
노을지자 은은히 일어나는 저 달빛
누구도 나서지 않는다
휙 휙 갈길 재촉하는 바람 서늘하고
새로운 각오로 들어서는
늦가을 산의 장엄함이 다만
열렬히 호기심이던
영원 초월 초능력
이런 류의 언어들을 내게서
쓸어낸다
나처럼
살며 사랑하며 기다리며
님 권하는 잔
비워가라 한다

窓

일기를 쓰다
날씨를 묻는다

– 아버지 오늘 맑았어요?

저 하늘
그 깊이를
시력으로 보겠냐만

호기심 가득한
너의 동심의 창
언제나

'맑음'

제4부

니르바나의 겨울 1

고요만이 가득한 니르바나의 겨울
그 쓸쓸한 축복의 뜨락에
흰나비같은 눈발
가라앉고 가라앉고

기억의 저편
어지럽게 떠다니는 보고싶은 얼굴도
시간표도 길도
지워지고 지워지고

마침내
시린 창가에 그림자를 드리우곤 하던
오랜 서정의 호롱불마저
사라져

백지가 되다

니르바나의 겨울 2

— 석굴암에서

저기 부처가 있다
바라보는 이의 눈길 앞에
주시할 곳도
가르킬 그 무엇도 없이
다만 불려와 있다
천년의 피로도 모르고
때로는 토함산 자락을 거닐며
때로는 해뜨는 바다가 되면서
무료함을 달래고 있을까
옛 신라인의 부름에
저기 와 앉은 이후
긴긴날 돌아가지 못한
아미타석불
사람들은 언제 그를 놓아줄 수 있을까
그는 언제 풀려날 수 있을까

니르바나의 겨울 3

— 과수원에서

사과가 익었어
비바람
쓴 농약
뙤약볕의 따가움들은
서둘러 낙하한 도사리들이나 헤아릴까
발그레한 빛
도톰한 볼
어디에도 드러나 있지 않아
참스럽기만 하여
깎이고
잘리고
바삭 바스라지고
그렇게 가을이 가고 겨울이 가고
새봄이 오면
또 부풀
한 살배기 철없는 꿈
사과가 익었어

니르바나의 겨울 4

나는 나를 부른다
아파치의 화살에
신음하며 갈라지는 바람
나는 나를 부른다
슥슥 씻겨져
식탁에 오른 푸른 상추잎
나는 나를 부른다
복사꽃 붉은 봄날의 한켠에서
생의 봄날이 짧음을 노래하는 새
나는 나를 부른다
그대 그리운 날의
산허리에 잔뜩 뿌우연 안개
나는 나를 부른다
돌아오지 않을 메아리로

니르바나의 겨울 5

— 위대한 니이체

장맛비 개인 어느 날의 호숫가
허리 긴 나뭇잎새에서 떨어지는 물 한 방울
명랑한 추락과
번져나감을 바라보다
출렁이며 삼키려드는 물결 속 그
물방울의 영혼의 반짝거림을 그리려하다
짜라투스트라를 임신한 니이체
그를 습격한 고독의 순수한 악을 만나려하다
영원에의 회귀로 속절없이 피고 지는 삶
그
그 주체할 수 없는 당혹감에서
나를 뚫고 나가는
일선(一線)
어느새
카다란 물결이 되어 스스로를 탐닉하는
사라진
물방울

니르바나의 겨울 6

깊을수록
짙어지는 새소리
차가워지는 물
무너지는 나

니르바나의 겨울 7

— 달마와 나와

달마는 앉아서
나는 서서
달마는 벽을 향하여
나는 아파 날카로울 수 있는
사람들을 향하여
달마는 근심의 부질없음을 산
밖에 던지고
일거에 가랑잎 타고 강을 건너가고
나는 표를 사고
검색대를 통과하여
안전띠를 매고도 불안하다
그렇다하더라도
넘실대는 파도를 춤추듯 유영하는
바다거북
바다거북의
무한한 자유와 꿈을 바라보는
마음은 같지 않을까
마음만은 같지 않을까

니르바나의 겨울 8

뱀이 얼룩동사리를 잡아 머리부터 삼키는데
뱀의 아가리를 넘어가던 얼룩동사리가
안으로 비스듬히 굽은 120개의 잔 이빨로
뱀 혀를 물고 버티기를
3시간
사투 끝에 둘 다 풀어져버리다

쉽사리 먹이가 되어주지 않는
얼룩동사리와
뱀과
숨죽인 대지

* 얼룩동사리 : 구굴무치과 민물고기

니르바나의 겨울 9

흐린 날의 능선길
밀려드는 운해 뒤로
돌아보는 발자취엔
안개만이 자욱

걷는다
이따금 쿨럭이며 기침하는
시그널 조각따라
더 높은 곳이 없는 곳으로

턱 턱 던져진 바윗돌들
가파른 삶의 능선길에서
그 천년의 명당이
부럽다

니르바나의 겨울 10

커다란 눈 화안한 얼굴
천성처럼 배어있는
쓸쓸함

나에게서 멀어져간
순수들이
귀가하는 곳

몰아치는 눈바람 속에서
촛불 켜고 시를 쓰는
소설 속 시인의 등 뒤에나
문득
떠올랐다 사라지는

하얀 보름달
하얀 보름달

니르바나의 겨울 11

시퍼렇게 펼쳐진 바다
파도는 말이 없다
그립다
보고싶다
그런 잔인한 말은 더욱이 모른다
무수한 설레임으로 몰려왔다
돌아서는 발길 수만번의 수만번이어도
힘들다
어렵다
그런 덧없은 이야길 쏟아내는 법이 없다
격정처럼 일어서서는 부딪치고
부서질지라도
조그만 무인도 하나 덮치지 않는

그리움의 바다여 파도여

니르바나의 겨울 12

투명한 태양의 그림자
은빛 날개로 무리지어 반짝이는
수면
그 날개 주—욱 한번씩 펼칠 때마다
새롭게 태어나는 바다
웃음 뒤에 서린 한가득 허무의
삶들을
그렇게 깊으게
그렇게 푸르게
뱉고 들이쉬는 어기찬 호흡 몰려오는
바닷가에 서면
수직으로 솟는 이름 치을 수 없는
격정

니르바나의 겨울 13

거두어 저장하는 시절
겨울
낙엽은 땅이 거두어 대지의 가슴에 저장되고
씨앗은 지혜로운 이가 거두어 곳간에 갈무리되고
내 마음만
스산한 바람 위에
스산한 눈바람 날리는 길 위에
분주히 서성이다
그 무엇도 주시하지 않았던
어느 대웅전의 시선 떠오르다

니르바나의 겨울 14
― 막막한 길에서

강
흐름이 있고
굴곡이 있지
때로는 목마름을 그대로 드러내기도 하지

하지만
천년을 걸려도 가야할 길
그 어디가 어디인지 아는

역사의 핏물에 젖어
뒤척이며 뒤척이며
가는 듯 되오 듯
결국은 가는
강

그것이 내가 너를 바라보게 하는 너의 힘이다
그것이 오래도록 바라보아도 고운
너의 유희다

니르바나의 겨울 15
— 오늘

내 안의 슬픔보다
더 큰 상처를 가진 듯
나보다 깊은 눈빛
부드러운 말투
그리고 단호하게 편 허리로
세상의 소리들에 잔잔히 귀 기울이는
그런 사람 만난 날
오늘
기쁘다

동대구역에서 빠진다는 것이
건천까지 가서 돌아왔다고 털털 말했을 땐
모두들 웃었어
나도 따라 웃었어
속으로 그게 바로 난데 하면서
그런 사람 만난 날
오늘
기쁘다

　– 크리스토폴 강의 모임에서 김진호 시인을 처음 만나고

니르바나의 겨울 16

어느 명상서에서 성자는 이렇게 말한다. 들이쉬는 숨
과 내쉬는 숨

그 사이에 깨달음의 한 축이 있노라고………

무슨 말인가? 들이쉼과 내쉼의 사이에 무엇이 있더란
말인가?

내쉬었으면 들이마시어지는 것이 생명의 자연이거니
참아보았자

결국 들이마시어지는 것을… 거기에 무슨 깨달음의
길이,

축복이 숨어 있더란 말인가

그렇다면 이런 상상을 해본다

삶이 하나의 내쉬는 숨이라면 들이쉬는 숨이 죽음이
라는

어느날 우리가 내쉰 숨을 거두어 다시 들이쉬지 못하는
시점에 이르게 되더라도 숨쉼의

자연의 법칙은 어김없이 다시 거두어 펄펄 들이쉬게
할 것이라는

니르바나의 겨울 17

노을 펼쳐
오늘 하루 뿌린 빛의 세상을
한 번 더 스스로 되돌아보는
석양
하얗게 식은 얼굴에
식은땀마저 흐르다

니르바나의 겨울 18

추운 날
돌아오면
발갛게 단 아랫목에서
보자기에 겹쳐 싼 밥을 내주셨지요
그것이 여의치 못할 땐
식은 밥이 체할까
더운 물에 몇 번이나 헹구어주셨지요
어머니
그립습니다

니르바나의 겨울 19
— 겨울산행

오도독 오도독
눈길의 산을 간다
얼어붙은 나뭇가지
얼고 있는 땅
이글거림도 지친 태양 아래
비장함마저 서린 계곡
바스락 바스락
차가운 몸살의 길 깊어가는
저 산이 앓고 있는
어떤 꿈을
누가 알랴
한가닥 바람 일 때마다
무거워진 고요를 털며
잠깐씩 깨어
스스로를 바라보는 산
겨울산

니르바나의 겨울 20

해안 절벽에서
바다를 무대로 사는 새

예사롭지 않은 눈매
드센 바람은 제멋대로 인데
휘휘 돌다

창살같이 물살을 낚아채는 재주는
본능초과

절벽 돌 틈새의 새끼들
재재거리는 소리
듣는 귀 또한 본능만으로 될까

고기 한 점 물고 돌아가는 길
비로소 여려지는 눈매

정원호의 시세계

송영목

(문학평론가 · 죽순문학회 회장)

시의 내용이 정서와 사상이라 했을 때 정시인은 확연하
지는 않지만, 대체로 사상 쪽으로 더 경사되는 듯한 느낌
을 주는 것은 시의 정서가 감화적 요소로서 유기체의 전신
적 감각(문덕수의 『한국의 현대시』)이라는 견해가 타당하
다는 전제가 성립될 때 해당되는 말이다. 그렇더라도 그의
시에서 정서적 요소가 등한히 했다는 의미는 결코 아니다.
처음부터 현란한 수사와 독자들을 현혹시키는 얄팍한 기
교를 포기했기 때문에 야기된 결과이리라.

그의 시세계를 총체적으로 고찰하고자 하는 작품들은
殘雪 2편, 꿈 2편, 무지개 2편, 지리산 고사목 2편, 수평선
9편, 고사목의 추억 2편, 무인도 6편, 산수화 2편, 無題 3
편, 가을 山岳 2편, 니르바나의 겨울 20편과 그 외에 26편

등 78편이 거론의 대상이다.

무엇보다도 시인이 추구하고 있는 세상을 부정적인 시각에서 바라본 것이 아니고, 긍정적이면서도 적극적인 측면에서 관조하고 있는 그의 정신세계가 우리의 주목에 값한다고 하겠다. 아울러 보편성 유지와 뚜렷한 개성이 돋보이는 것도 간과해서는 안 될 것으로 사료된다.

시 작업에만 전념하는 시인이 아니면서도 이만한 양의 시를 쓸 수 있었다는 것은 그만큼 인고의 세월을 이겨냈음을 의미하는 값진 것으로 평가되는 대목이다.

시세계를 접근하는 방법과 조명하려는 각도에 따라 전개과정은 다를지라도 궁극적인 결과에는 큰 영향을 끼치지 않을 것이라는 기대를 가지면서 그의 작품을 살펴보고자 한다.

그가 즐겨 사용하는 시어 가운데서 가장 자주 등장하는 것이 바로 겨울이다. 그것은 20편의 「니르바나의 겨울」에서도 확인시켜 주고 있다. 그가 말하는 '겨울'은 삭막, 암울, 절망, 죽음, 좌절이 아니라, 곧 다가올 봄 곧 생명을 잉태할 희망의 서광으로서의 계절임을 인식게 한다.

> 사방
> 쓸쓸한 그의 독백
> 나부끼는 겨울 오후
> 햇살은 그의 심장에 닿을 듯 말 듯
> ─「겨울깃발」의 끝부분

겨울눈이
이리도 기적같이 반가웁노

　　　　　—「겨울눈」의 일부

흙에 스며 살겠느니

　　　　　—「殘雪 1」의 일부

꽃씨를 땅속에서 만나다

　　　　　—「殘雪 2」의 일부

　겨울 오후나 겨울에서만 볼 수 있는 눈을 등장시켜 〈지
금은 겨울이나 봄이 멀지 않았음을〉 다시한번 상기시켜주
고 있다. 이에 대한 논의는 「니르바나의 겨울」에서 다시 언
급하기로 하겠다.
　밝고 고운 그리고 아름다운 세계를 갈구하는 그의 마음
은 「아! 천상시인 천상병」에서 재현되고 있다.

　"아름다운 이 세상 소풍 끝내는 날
　　가서, 아름다웠더라고 말하리라…"

　그가 왔고 당연히 또 돌아갔을
　저 아름다운 하늘
　하늘에 비친 이 세상을

　　　　　—「아! 천상시인 천상병」의 일부

천상병 시인처럼 그는 이 세상을 아름답게 보는 눈을

가지고 있다. 그의 밝은 세계는 그냥 주어진 것이 아니고
여유와 비움의 미덕을 터득한 결과물인 것이다.

　　술 그리운 날
　　새꽃잎과 새목청의 새들과
　　봄 길을 걷는 여유!

　　텅 비는 마음!
　　　　　　　　　　　　　—「어느 봄날의 휴식」의 일부

　마음을 비우는 것보다 더 값진 선물이 또 있을까. 그야말
로「무소유의 소유」, 이것이야 말로 인간이 도달할 수 있는
최상의 경지의 한 부분이 아니겠는가. 시인은 이 사실을 이
미 눈치 채고 실천하면서 살아가고 있다. 그것은 바로「니
르바나의 겨울」에서도 그대로 반영되고 있다. 이는 정시인
의 가장 중심에 자리 잡고 있는 정신이기도 하다.

　　톡톡 내 정서의 혼돈을 쪼아대던
　　산새 한 마리
　　사뿐 내려와
　　뒤뚱거리며
　　노을 하늘을 산책하고 있습니다.
　　　　　　　　　　　　　　—「풍경」의 끝부분

　그의 혼돈의 세계는 자연으로 돌아오면 노을 하늘을 산
책하는 여유로 변화한다. 혼탁한 도시생활에서 이런「풍

경」은 우리들 삶을 더 풍요롭게 해 주고 있다. 이렇게 여유를 가질 만큼 그의 정신세계는 풍요롭다는 증좌이기도 하다. 그는 거기에 안주하지 않고 새로움에 대한 기대감을 갖고 더 낳은 세계를 향해 나아가고 있다.

2월에는
가장 빛나는 빛
녹아내리는 눈물의 습기에
반짝이는 햇살이 있다.

이길 수 없는
꿈에의 유혹이 있다.

발아하는
꽃씨의 첫 권태가
있다.

— 「2월에는」 전문

그가 바라보는 세계는 멈추지 않는 생성의 미래가 있다. 2월(겨울)이라도 거기에서는 생명을 잉태할 꿈틀거림이 있음을 주시할 줄 아는 안목을 가진 시인이기도 하다. 이는 전편을 통해 일관성을 유지하면서 나타나는 시세계의 핵심이다. 꽃의 내면세계를 통찰하는 심오한 이치를 탐색하는 시인의 눈 속에서는 또 다른 꽃의 자리를 만드는 외형적 세계도 그의 시야에서는 아름답게 자리를 만든다.

꽃은
피고 시듦이 지천이라 해도
금방 산산이 흩어진다 해도
잎새 하나에
흙속의 산같은
순수 한 조각 묻고 있어

보낸 자의 눈길 위에
뜨락 한자리 펼친다
— 「꽃은 스스로 뜨락을 갖는다」 2, 3연

그에게는 절망이나 좌절은 없다. 늘 열려 있는 희망의
세계가 기다리기를 기대하기보다 스스로 만들어 가는 의
지가 있을 뿐이다. 위의 시는 바로 이것을 확인시켜주고
있다.

3

나무와
책과
재깍거리는 초침과
휴일의 바람부는 여유와
나와
도서관 뜰 자목련을 스치는 밀어
무관하다는 느낌

5

먹고 마시는 외
먹고 마시기 위한 일 외
무얼 할 것인가
어색하게
너와 나 먼 별을 쳐다보았던
그때처럼

— 「산」의 3, 5연

　무엇인가에 관심이 집중되면 다른 한 쪽은 자연적으로
무관심의 영역에 들어서게 된다. 균형감각을 갖고 살아가
야할 이유에 해당된다. 그러나 여유를 갖게 되면 사물을
바라보는 눈과 마음도 균형을 유지할 수 있는 것이다. 정
시인은 여기에 착안해서 시도 쓰고 또 실제로 그렇게 살아
가고 있는 것 같다. 그렇기 때문에 「담쟁이 넝쿨」에 까지
시선을 멈추고, 그의 생태를 인간 삶의 영역까지 확대시킬
수도 있었던 것이다.

목표물을 완벽하게 둘러싸고서도
안을 조금치도 범하지 않는
너의 순수한 사랑

— 「담쟁이 넝쿨」의 3연

　이는 정 시인이 갖고 있는 가장 소중한 장점 중의 하나
로 평가하고 싶다. 그의 삶 자체가 남의 영역을 조금도 침

범하지 않고 살아가려는 그의 의지의 표명이며, 사랑이기도 하다. 그런가 하면 동일 선상에서 「봄의 자화상」은 시인 자신의 자화상으로 전이된다.

"봄이 꼭 계절의 이름이 아닐 수도 있음을/ 나만이 내가 아님을"

시인은 피상적인 이름의 의미를 그대로 받아들이지 않고 뒤집어 볼 만큼 사고(思考)의 폭이 넓음을 보여주는 예라 하겠다.

> 다시 돌아보는 태양은
> 나부끼는 바람들의 등뒤에서
> 그저 침묵을 배워가고 있었다.
> ──「새해」의 끝부분

새해에 솟아오르는 태양을 사람들은 바알 신(神)을 섬기던 옛 사람들과는 달리 희망을 상징하는 대상물로 여기면서 기뻐하지만 정작 태양은 아무 말도 하지 않고 침묵으로 일관하고 있다. 그것을 보통 사람들은 눈치 채지 못하지만 시인은 침묵을 배우고 있음을 읊고 있다. 침묵이야말로 무한한 말들을 내포하고 있기 때문이기도 하다. 그는 또한 남들이 저물다고 생각하는 데서 한 발짝 더 나아가 "한번 더 바라보는 산자락/ 저 골짜기 어둑어둑 사위는 오늘이여/ 그대 홀로/ 지는 해의 설레임을 보는가"(「지는 해의 설레임」) 지는 해를 바라보는 보통 사람들의 인식세계를 넘어서서 시인의 눈은 다음 새벽을 여는 세계에까지 미치고 있다. 그런 경향은 「겨울산 숲」에서도 이어지고 있다.

　　오히려
　　고요함의 또 다른 정취에
　　취해 있었다
　　무슨 일 있느냐
　　되려 묻는 듯 인기척에
　　다가올 듯
　　돌아가
　　서는

　　겨울산
　　나무들

— 「겨울산 숲」 2,3연

　위의 시에서도 한결같이 고요함의 또 다른 정취에 취해 있는 모습이 바로 그의 시세계의 일면이기도 하다. 이를 확실하게 뒷받침해 주는 증거가 「낙엽의 내일」이다.

　　낙엽이 진다
　　뼈를 드러내는 나무들.
　　그 앙상한 위로
　　눈이 내려 얼겠지

　　그러나

나는 볼 수 있다
그들의 내일을
샛파란 싹의 꿈을

분명한 내일의 꿈
그것이 그들의 것이다
불명의 내일과 꿈
그것이 나의 것이듯

— 「낙엽의 내일」 전문

불분명한 내일의 꿈이 내 것일지라도 샛파란 싹의 꿈을
키우는 낙엽에서 나도 내일의 꿈을 실현시키겠다는 의지
가 밑바닥에 깔려 있음을 감지할 수가 있다.

님이여
어둠이 그 배경이어도 당신의 꿈은
우울할 수 없습니다

— 「수평선 6」의 끝부분

그의 일관된 미래 지향적 시적 세계는 우리들에게까지
즐거움을 주고 있다. 그만큼 밝고 맑은 시심의 표출에서
비롯되고 있다. 그의 연작시 「수평선」 9편의 시들은 각각
다른 시각에서 시작(詩作)한 고심의 흔적이 뚜렷한 작품들
이다.

살기 위해 염분을 씻고
바다의 한가운데 선다.

　　　　　　　　　　　— 「수평선 1」의 끝부분

님의 넋인가

끝없이 어깨춤 추는 바다를
갈매기들
턱, 턱
쉼표처럼 날아다녔다.

　　　　　　　　　　　— 「수평선 2」의 끝부분

다만 푸르고 푸른 위로
아무 것도 없는 그
바다가 넓었다.

　　　　　　　　　　　— 「수평선 4」의 끝부분

사랑은
늘 그렇게 그대 뒷모습에
피어올랐다 지는
무형상

바람 속에도 없다.

　　　　　　　　　　　— 「수평선 7」의 끝부분

그의 시에서는 거의 모두가 끝 연에서 결실을 맺고 있는 특성을 갖고 있다. 위에 인용된 시들을 보면 내용도 알차지만 표현에서도 형상화에 성공을 거두고 있다. 시어의 조탁과 선택에 각고의 노력을 경주한 결과일 것이다. 「수평선 8」은 위에서 기술한 논리를 확고하게 다져주고 있다.

시란
시쓰기란
아무래도 내게 경제성 빵점이다
그 시간에 약 재고 책 좀 더 보고
하다못해 다시 일어나는 주가에나
신경쓸 것이지
생각이 잘 떠오르나
생각대로 글이 되나
앞 뒤 말이 맞아주나
들꽃이 꽃 피움 만큼도 못하겠다
차라리
비바람에 꺾이어지다가도
남으면 남은 가지에서 천연스레
꽃을 피우는 들꽃은
피워서 안 보여져도 그만
그 꽃과 더불어
한적한 들녘의 한때가
최선의 명예이니

— 「수평선 8」의 전문

정말 실감나는 솔직한 토로가 아닌가. 시뿐만 아니고 글 쓰는 작업이 그만큼 어렵다는 것을 단적으로 지적한 시다. 사실은 이 시를 쓰는데도 또 많은 고민과 정력이 소모되었을 것이 아닌가. 이 한 편의 시에서 우리는 정 시인의 참모습을 환히 본 듯한 느낌을 갖게 된다. 그러나 몇 줄의 시구에서 어찌 깊은 속내까지야 이해할 수 있겠는가. 무엇보다 그의 겸손과 욕심을 부리지 않는 시인의 모습이 너무 아름답지 않은가. 아무도 보지 않는 들녘에 핀 들꽃의 한때가 최선의 명예이듯이 아무도 관심을 가지고 보지 않더라도 자신도 들꽃처럼 활짝 피고 싶을 뿐인 것이다. 그는 「수평선 9」에서는 그답게 결국 즐거움으로 매듭짓고 있다.

바다에 가면
닿을 수 없는 먼 수평선
그 도도한 출렁임이 즐겁다

수평선의 변함없는 애정편지
파도에 실려와
넘실넘실 목에 찰 때 느끼는
그 절망이 즐겁다

바다에 가면
부서져 조각조각 자지러지는
물살이 즐겁다

자유랄까
파안대소랄까

— 「수평선 9」의 전문

그 즐거움의 양상을 보면, 도도한 출렁임과 목에 찰 때 느끼는 절망과 조각조각 부서지는 물살이 즐겁다는 것이다. 그러니 수평선을 바라보며 바다에 가면 모두가 즐거움뿐이라는 말이 된다. 그가 「수평선」 연작시를 쓰게 되는 이유가 거기에 있음을 알 수 있다. 「고사목의 추억 1,2」과 「무인도 1-6」에서도 이어지고 있다. 너무 방대해서 일일이 거론할 수가 없어서 다음으로 넘어 가고자 한다.

얼핏 보면 그의 시세계에서는 비껴가는 경향이 아닐까하는 의구심이 있을 법한 시들도 있다. "그대 마음/ 겨울 흐린 날"(「설화」의 끝 연) 그러나 그 시어 속에 내재된 그의 마음은 겨울 흐린 날처럼 암울하지 않다는 것이 시인의 견고한 신뢰성에 토대를 두고 있기 때문이다. "누구도 닫을 수 없는 문/ 그것이 하늘이다./ 두런대는 듯"(「그리고 바람이 분다」의 끝 연) 인간의 한계성을 그는 이미 터득하고, 그 상황을 넘으려고 애를 쓰지 않는 지혜도 있다.

특이하게도 시각적 감각이 요구되는 시작(詩作)의 한 예가 있다.

山
의
어느 한
작은 뿌리의 한
가지의
끝
잎사귀의 귀
로
들어오는
하늘
로
숨 쉬는
뿌리
의
山

　　　　　　　— 「잎사귀의 귀」의 전문

　이는 형식상의 특성으로서 시적 감흥이나 그 효용성에
대해서는 미지수다. 다만 격식을 탈피하려는 의도는 인정
할 수 있을 것이다.
　그 외에도 자유에의 의지와 사회성이 가미된 시와 새로
움을 추구하려는 의도가 풍기는 시들도 있지만 할애하고
그의 노작(勞作)이라 할 수 있는 연작시 「니르바나의 겨울」
을 논의해 보려 한다.

니르바나(nirvana)는 열반(涅槃)이다. 열반의 세계에 무슨 겨울이 있겠는가마는 시인은 상징성을 부여하고 있다. 겨울이 주는 이미지가 열반의 경지에서 온전히 벗어나 있지 않다는 의미가 내재해 있는 셈이다. 결국 니르바나의 겨울은 우리의 기존 가치관과 인식 세계를 뛰어 넘은 별천지가 아닌 바로 현실 세계인 것이다. 그러나 「니르바나의 겨울」이라는 제목 자체에서 받는 느낌은 예사롭지가 않다. 꼭 심오한 진리가 숨어 있는 것처럼 다가오기 때문이다. 시인이 이런 점을 노리더라도 탓할 계제(階梯)는 아니다. 사실 따지고 보면 그가 니르바나를 끌어온 것은 상상을 초월한 기상천외(奇想天外)의 발상에서 기인된 것이 아니고, 우리가 살고 있는 삶의 터전을 아름다운 세상이라고 명명한 그의 세계관에 근거하고 있을 뿐이다. 그렇더라도 니르바나의 겨울이라는 제목을 선택한 그 안목은 높게 평가 받아도 탓할 사람은 없을 것이다.

고요만이 가득한 니르바나의 겨울
그 쓸쓸한 축복의 뜨락에
흰나비같은 눈발
가라앉고 가라앉고
　　(중 략)
마침내
시린 창가에 그림자를 드리우곤 하던
오랜 서정의 호롱불마저

사라져

백지가 되다
— 「니르바나의 겨울 1」의 1연과 끝부분

니르바나의 겨울은 쓸쓸하지만 축복의 뜨락이라 표현한
것은 그의 내면세계와 완전히 일체가 되고 있다. 그의 비
움의 세계가 또한 끝 행에서 빛을 발휘하고 있다. 백지가
주는 이미지는 침묵과 더불어 없음의 미학이 아니고 무궁
한 세계를 포용할 가능성을 열어 놓고 있기 때문이다. 그
는 이 백지에 그의 시세계를 전개해 나갈 것이다.
부제(副題)가 붙여진 "석굴암에서", "과수원에서", "위대
한 니이체", "달마와 나와", "막막한 길에서", "오늘", "겨
울 산행" 등에서 형상화된 것들은 절망의 겨울이 아니고,
오히려 삶의 현장에서 또는 자신의 처지에서 긍정적으로
인도하는 동력이 되고 있다.

그렇게 가을이 가고 겨울이 가고
새봄이 오면
또 부풀
한 살배기 철없는 꿈
사과가 익었어
— 「니르바나의 겨울 3」 끝부분

세상을 이렇게 바라보면서 산다는 것도 축복받은 사람들만이 누릴 수 있는 특권에 속한다고 하겠다. 정 시인의 작품이 씹을수록 진미가 나는 것은 그 시에 내재된 삶의 즐거움 때문이다. 늘 긍정적으로 사물을 바라보는 눈에 부정의 요소가 들어갈 틈이 생길 수가 없는 것이다.

넘실대는 파도를 춤추듯 유영하는
바다거북
바다거북의
무한한 자유와 꿈을 바라보는
마음은 같지 않을까
마음만은 같지 않을까.
                    — 「니르바나의 겨울 7」의 끝부분

그것이 내가 너를 바라보게 하는 너의 힘이다
그것이 오래도록 바라보아도 고운
너의 유희다
                    — 「니르바나의 겨울 14」의 끝연

동대구역에서 빠진다는 것이
건천까지 가서 돌아왔다고 털털 말했을 땐
모두들 웃었어
속으로 그게 바로 난데 하면서
그런 사람 만난 날
오늘

기쁘다

———「니르바나의 겨울 15」끝연

위의 시들 모두가 마음의 여유가 없이는 쓸 수 없는 영역이다. 그의 시 전 편에 흐르고 있는 기쁨과 즐거움이 읽는 분들에게도 고스란히 전달되리라는 기대를 갖게 한다.

격정처럼 일어서서는 부딪치고
부서질지라도
조그만 무인도 하나 덮치지 않는

그리움의 바다여 파도여
———「니르바나의 겨울 11」의 끝부분

남을 배려하며 헤치지 않는 미덕을 가진 바다와 그 파도를 그리워하고 있지만 정작 시인은 벌써 그렇게 살아가면서도 아직도 미진한 자신의 처지를 겸손으로 대치하는 것 같다. 실제로 경험하지 못한 사람들은 이러한 상황을 그리워 할 줄도 모르기 때문이다.

「니르바나의 겨울」은 지금도 그리고 앞으로도 계속될 것이다. 그것은 바로 우리가 살고 있는 삶의 터전이기 때문이다. 정 시인은 지금까지의 성과도 높이 평가해야 하겠지만 앞으로도 그의 고민의 행진은 쉬지 않으리라는 것을 생각하면 즐거움보다는 걱정이 더 많으리라.

정원호의 시세계를 정리해 보면

첫째는 긍정적 사고에서 비롯된 기쁨과 즐거움이 주조를 이루고 있다는 점.

둘째는 시의 영역의 폭이 넓다는 점. 이를 뒷받침해 주는 근거로는 바람, 산, 하늘, 새, 꽃, 바다, 구름, 달, 해, 그리고 동 식물들의 등장 빈도수가 많을 뿐 아니라, 도시와 상상의 세계까지 넘나들기 때문이다.

셋째는 비움의 미학으로 겸손과 무욕(無慾)으로 일관되어 있다는 점, 이는 높이 평가될 부분이다.

넷째 시적 표현에서 현란한 수사와 기교가 없다는 점. 이는 장점이 될 수도 있고, 보는 각도에 따라 단점으로 지적될 수도 있다.

다섯째 언어의 연금술사로서 시어의 조탁과 선택에 더 노력을 경주해야 들꽃이 아닌 관상용 꽃으로 각광을 받을 수 있을 것이다. 물론 이항에서 자유로울 수 있는 시인은 없다. 다만 끊임없이 노력할 일이다.

끝으로 「니르바나의 겨울」에서 보여준 시적 성과를 결코 소홀히 취급해서는 안 된다는 견해를 피력하고 싶다. 무엇보다 시를 쓰면서 산다는 것이 얼마나 즐거운 일인가를 되새겨주는 깨달음이 값진 것으로 다가오고 있다. 이만큼 방대한 양의 시를 상재할 수 있는 재능과능력, 그리고 그 열정에 경의를 표하고 싶다.